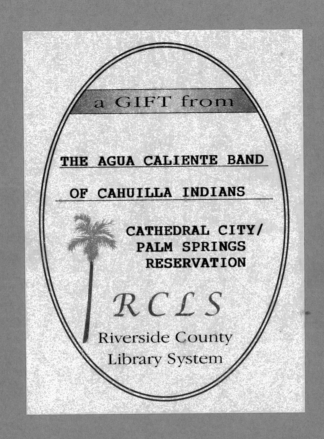

Sorpresa de Navidad para Chabelita

texto de
Argentina Palacios

ilustraciones de
Lori Lohstoeter

BridgeWater Books

Library of Congress Cataloging-in-Publication

Palacios, Argentina.
[A Christmas surprise for Chabelita. Spanish.]
Sorpresa de Navidad para Chabelita/Argentina Palacios:
ilustraciones de Lori Lohstoeter.
p. cm.
ISBN 0-8167-3545-X   ISBN 0-8167-3541-7 (rustica)
[1. Madres e hijas—Ficción. 2. Abuelos—Ficción.
3. Panamá—Ficción. 4. Materiales en espanol.]
I. Lohstoeter, Lori, ilust. II. Titulo.
PZ73.P34 1994 94-9833

A mi mamá, Jilma George, quien me enseñó la poesía *Caperucita Roja*, y a la memoria de mis abuelos, Santos George y Adela de George, quienes me enseñaron muchas cosas. — A. P.

Para Ashley, la inspiración que ilumina mis cuadros. — L. L.

Cuando Chabelita era chiquita, su mamá se fue a trabajar de maestra en una ciudad grande.

—Yo me quiero ir contigo —gimió Chabelita.

—No, mi amor. Allá no va a haber nadie que te cuide. Por ahora, tienes que quedarte con tus abuelos. Tu abuelita y tu abuelito te quieren mucho —le dijo la mamá.

Chabelita se puso triste.

—Mira, Chabelita —le dijo la mamá, mostrándole un mapa—.
Nosotros vivimos aquí y yo voy a trabajar aquí. No está tan lejos. Voy a
hacer lo posible por venir los fines de semana y los días feriados. Y, por
supuesto, voy a estar aquí contigo todo el verano.

—Te voy a escribir a cada rato —le dijo la mamá a Chabelita al
momento de partir—. También te voy a mandar muchos regalos, vas a ver.

Los abuelos de Chabelita vivían en una casa de buen tamaño, los dos solitos. Los hijos de ellos ya eran grandes, tenían sus propias familias y vivían en otros lados.

La abuelita y el abuelito estaban felices con Chabelita en la casa.

Chabelita y su abuelito eran magníficos amigos. Iban juntos al mercado todas las mañanas. Compraban la comida del día, día tras día. La abuelita les daba la lista de lo que ella quería.

—Cuando se compra la comida todos los días, las cosas siempre están frescas —era el decir de la abuelita.

Al abuelito le gustaba ir al mercado todos los días. Así podía ver a sus amigos y charlar un rato con ellos.

A Chabelita también le gustaba ir al mercado. Había tantas frutas y verduras de todos los colores del mundo. Eso sí, no le gustaba para nada la parte de la carnicería.

A veces el abuelito y Chabelita se iban a la orilla del río. Los campesinos traían frutas y verduras para vender en el mercado. Unos traían los productos a caballo, otros venían en balsas, otros traían la carga encima.

—¿A cuánto las naranjas? —preguntaba el abuelito.

—Para usted, don Ernesto, a un peso el ciento —le decía un hombre.

El abuelito muchas veces compraba un ciento de naranjas.

El abuelito y Chabelita también iban juntos al correo.

—Buenos días, don Ernesto. Buenos días, Chabelita —decían las personas con quienes se encontraban en el camino.

Don Ernesto y Chabelita siempre contestaban los saludos.

—Señorita, ¿hay correspondencia para mí o para mi nietecita?— preguntaba el abuelito en la ventanilla del correo.

—Sí, don Ernesto, aquí hay una carta para usted y una encomienda para Chabelita —dijo un día la empleada.

Chabelita estaba contentísima con su encomienda y quiso abrirla allí mismo, delante de todo el mundo.

—Niña, tienes que esperar hasta llegar a casa —le dijo el abuelito—. Es falta de urbanidad abrir una encomienda en público.

—Vámonos rápido, abuelito. Quiero ver enseguida lo que hay en la encomienda —dijo Chabelita.

—¡Mire, abuelita, la encomienda que me mandó mi mamá! —exclamó Chabelita.

—Ábrela con mucho cuidado para que no se dañe lo que hay adentro —dijo la abuelita—.

—¡Ah, qué lindo mi traje rojo! ¡Y qué lindos mis zapatos de charol negro!

A Chabelita le encantaron el traje rojo y los zapatos de charol negro. Le gustaban tanto que se los quería poner a cada rato.

La abuelita le decía: —Ese traje y esos zapatos son muy finos para ponérselos todos los días. Vamos a guardarlos para los días especiales.

El primer día de clases, la abuelita le dijo a Chabelita: —Hoy es un día especial. Si quieres, te puedes poner el traje rojo y los zapatos de charol negro.

—Gracias, abuelita —dijo Chabelita.

Chabelita también se puso su cartera especial ese día.

Se sentía muy niña grande.

El abuelito la llevó a la escuela esa mañana.

Ahora el abuelito iba solo al mercado y a hacer todas sus otras diligencias. ¡Cómo echaba de menos el abuelo a Chabelita! Hasta sus amigos la extrañaban.

Le preguntaban al abuelito: —¿Dónde está Chabelita? ¿Está enferma?

—Chabelita ya está en la escuela —les decía el abuelito.

A Chabelita le encantaba la escuela. Como no tenía hermanos ni hermanas, le gustaba jugar con los otros niños en la escuela.

La escuela era divertidísima.

Cuando la mamá de Chabelita vino un fin de semana, le enseñó la poesía *Caperucita Roja*.

—¿Sabes una cosa, Chabelita? —le dijo su abuelita —El cuento de Caperucita Roja era el cuento favorito de tu mamá cuando tenía tu edad.

La poesía era larga, pero era muy hermosa. Chabelita se la aprendió de memoria y la recitó en la escuela.

Un diá, cuando el abuelito fue a buscar a Chabelita
a la salida de las clases, la maestra le dijo al señor:

—Don Ernesto, en la escuela vamos a tener una velada para las
fiestas, la semana antes de las vacaciones de Navidad. Todo
el mundo está invitado. Nos gustaría que Chabelita recitara *Caperucita
Roja*.

—Sí, sí, sí —dijo Chabelita—. Yo la puedo recitar.

A medida que se acercaba la velada, Chabelita estaba cada vez más
contenta. Pero también estaba un poquito nerviosa.

—Yo soy de los más chiquitos en la velada —le dijo al abuelito.

Después, le susurró a la abuelita: —¡Ay, si mi mamá me viera!

—No te preocupes, Chabelita —le dijo la abuelita—. Estoy segura de que vas a salir muy bien. Tu abuelito y yo estamos muy orgullosos de ti. Otras personas también están orgullosas de ti. Uno nunca sabe quién puede presentarse por ahí.

La noche de la velada, Chabelita recitó la poesía. Y no se le olvidó ni una sola palabra.

Todo el mundo la aplaudió y ella hizo una reverencia.

Chabelita terminó y se fue a sentar con su abuelita y su abuelito en el auditorio.

Medio escondida detrás de ellos, una señora tenía un gran ramillete de claveles rojos. Chabelita la miró sorprendida. No podía creer lo que veían sus ojos.

—Clavelitos rojos para mi Caperucita Roja— le dijo su mamá.

Nosotros le avisamos a tu mamá que ibas a estar en la velada —le dijo el abuelito—. Tuvo que hacer muchas diligencias para poder venir, ¡pero ella no se iba a perder esto por nada del mundo!— añadió la abuelita—. Es un regalo de Navidad adelantado—. Entonces, la abuelita y el abuelito le sonrieron a Chabelita y dijeron: —¡Para ustedes dos, de parte de nosotros dos!

NOTA SOBRE LA AUTORA

Argentina Palacios nació en Panamá, donde se desarrolla este cuento,
y su niñez fue muy parecida a la de Chabelita. A la autora también la
criaron abuelos cariñosos cuando la mamá se fue a trabajar de maestra
en otra ciudad. Y también se aprendió la poesía *Caperucita Roja*, de
Gabriela Mistral, ganadora del Premio Nobel de Literatura en 1945.
Hasta el presente, esta ilustre chilena ha sido la única mujer
de habla española que se ha hecho acreedora a tal honor.